Thierry Jamin

Au gré de la plume et des circonstances

Recueil de nouvelles

Préface

Prête-moi ta plume, mon ami Thierry...

Comment écrire un mot pour saluer un ami poète qui se lance avec talent dans un autre genre littéraire particulièrement difficile, la nouvelle ?

Selon le dictionnaire de l'Académie royale espagnole cité par ETIEMBLE et Antonia FONYI dans *l'Encyclopædia Universalis*, la nouvelle est une « œuvre littéraire où l'on narre une action entièrement ou partiellement imaginée, dont la fin est de causer au lecteur un plaisir esthétique en décrivant ou dépeignant des événements ou des actions intéressants ainsi que des caractères, des passions, des mœurs ». Nous y sommes, dans ce recueil de nouvelles intitulé par l'auteur *Au gré de la plume et des circonstances,* qui reste fidèle à son tempérament poétique : brindille se laissant porter par l'eau claire de la rivière, Thierry Jamin nous offre comme à son habitude son lot d'émotions sensibles, délicates et surprenantes d'érudition et de curiosité intellectuelle. Ce diable d'écrivain se joue de nous et nous ensorcelle une fois encore en domestiquant le hasard de la vie grâce à sa plume enchanteresse. Bravo à l'artiste, aussi attachant dans ses rimes que dans ses *courts romans,* promesses impatientes de futurs livres que nous attendons déjà !

Pierre Léoutre

Introduction

La nouvelle, cette forme brève du récit qui doit tenir en haleine et amener des chutes surprenantes n'est pas des plus faciles. Il faut tenir et serrer de près une situation sans se désunir ni partir dans tous les sens. C'est un exercice propice aux concours sur des thèmes donnés ou avec des phrases obligées ; pour autant c'est un format des plus agréables à pratiquer.

Vous trouverez ici les neuf premières, et dernières d'ailleurs, de mes nouvelles écrites depuis une dizaine d'années. Ce qui ne représente qu'une par an en moyenne ; modeste effort et contribution au genre auquel je n'ai pas encore sacrifié assez de temps, hélas !

Préface

Pour qui chercherait une unité, une vision holistique, il s'agit plutôt de balistique et de trajectoire. Trajectoire de la plume vers sa cible, sans être certain de la toucher.

Plutôt que tronçonner comme un boucher sans faire de quartier, on essaiera de penser à la pensée active et fidèle qui restitue les clameurs du temps et qui se tend dans l'attente d'une fin qui veuille bien sortir et s'assortir.

1/ L'amour, toujours l'amour, encore l'amour

« *All you need is love* » c'est un beau refrain qui donne un certain sens à la vie ; c'est du moins ce refrain-là que je chantais cet après-midi-là pour me donner du cœur à l'ouvrage, me convaincre de croire en quelque chose qui me raccroche à un espoir, même lointain.

Les phases post-rupture sont souvent le moment de faire le point et d'essayer d'y voir clair dans une période triste et qui remet beaucoup de choses en question.

Il n'était pas simple de continuer d'avancer depuis qu'hier au soir j'avais compris que tout était fini et que la rupture était consommée, par trop de facilité, de paresse, de mollesse sans doute.

Dans ces instants-là le doute est plus fort, une pointe d'angoisse sur un avenir incertain, moins assuré du moins, mais y a-t-il une assurance contre l'amour, ce sentiment fort et exigeant qui s'empare de vous et parfois vous consume.

Alors on ressasse, on passe en revue des souvenirs, un courant de nostalgie sur ce qui a été et ne sera plus et il faut se dire que ce n'est pas en allant voir le marabout du coin que le retour d'affection sera rendu possible.

Bref, tourner la page, mettre une sourdine et essayer d'endormir un tant soit peu ces souvenirs qui vous titillent, ces occasions ratées, ces rencontres manquées, pour imaginer à défaut d'un avenir radieux, une lumière au bout d'un tunnel qui ne fait que commencer.

Pourtant ce n'était pas la première fois que je vivais ces sensations de dérobement, de vide et finalement le vertige de la solitude ; comme si je ne pouvais concevoir une minute d'être seul ou du moins de faire une pause dans mon existence pour mettre tout à plat.

À plat je l'étais assurément un peu, mais les amis ne manquaient pas qui d'une parole ou d'un sourire passeraient ce baume magique qui n'efface pas tout mais accélère la cicatrisation.

Mais enfin quel est le sens de ma vie me disais-je, rencontrer indéfiniment de nouvelles conquêtes d'un soir, d'une semaine ou d'une courte durée, ou bien construire, investir et du même coup accepter les contraintes et contingences inhérentes à une relation suivie ?

Bon, je vous l'accorde ça faisait un peu existentialiste sur le retour et en plus, en termes de perspective, ça ouvrait grand le champ du questionnement mais les réponses tardaient à arriver.

Inconstance de l'amour, inconsistance du lien, fugacité des sentiments ; dans la tornade médiatique du quarantième anniversaire presque rugissant de mai 1968, il y avait un synchronisme pas affligeant, juste un clin d'œil.

Clairement, était-il temps de se caser ou de continuer l'exploration des champs de la connaissance humaine, ceux qui recèlent tant de surprises et de découvertes et vous ouvrent au monde ? Défilé de corps, catalogue d'émotions, odeurs, senteurs charnelles, décidément je n'étais que pulsions, émotions, tourbillons et pourtant à ma montre il y avait un sacré retard.

La tendresse, sentiment familier chez moi qui avait beaucoup d'amies féminines, ne pouvait se substituer à ce désir pas uniquement animal mais qui parfois me faisait monter des bouffées hormonales. Entre Adret et Ubac, l'adrénaline me permettait de ne pas verser dans un fossé de désespérance, dans une vallée de larme, de trouver de la ressource pour me projeter.

L'étreinte des corps, une libido encombrante comme compagne de vie ; voilà bien une partie du problème, harmoniser les aspirations et laisser une respiration à une existence qui ne peut être entièrement tournée vers le plaisir et la jouissance, physique du moins.

Décidément la remise en question allait loin déjà et je me demandais bien où allaient m'entraîner mes pensées divagantes entre fiction et affliction, bien près hélas de la déréliction ?

L'homme est il est un loup pour l'homme, un chasseur, un collectionneur, ou peut-il décemment n'être autrement que polygame dans la durée ? Et la fidélité et la beauté d'un sentiment durable, qu'est ce que vous en faites !

Je commençais à fatiguer avec ces tenaillantes et répétitives incursions dans un univers pas feutré du tout et qui à vrai dire me heurtait par certains côtés.

Le poids de l'éducation, les exemples et situations vécues, la pseudo-normalité, tout m'incitait à croire que non, il n'était pas possible d'être autre chose que ce voyageur errant, à la recherche de bras accueillants pour une étreinte furtive et sans lendemain.

Ah les mythes de l'enfance sont tenaces, la croyance dans le grand amour idéal vous suit comme votre ombre tandis que dans la lumière se découpent des silhouettes autrement plus tranchantes.

J'avais beau m'avouer, dans une mise en perspective qui ressemblait de plus en plus à une mise en abîme, que le célibat était pesant et triste, que les soirées entre copains tournaient trop à la démonstration de testostérone entre virilité et machisme, bravades et fierté ; ma part de féminin, comme une intuition, me disait pourtant que la terra incognita, la terre promise, se méritait et dans le même temps s'éloignait encore plus.

À trop guigner un paradis impossible on ne risque que la désillusion, la frustration mais repousser ses exigences et s'adapter au contexte n'exclut assurément pas une part de réalisme.

Ainsi allait le fil de mes pensées ; sur la corde raide, entre inconfort et recherche de vérité, de sincérité, alors que la situation dont j'avais hérité était sinon banale et certainement bancale, du moins courante.

Des souvenirs d'enfance affleuraient aussi dans ce lien charnel qui nous unit à la mère, entre protection, tranquillité et calme, procurés par une présence et des attentions, des soins et des sourires.

Mais affronter l'âge adulte et ses périls, des fausses pistes où l'on se fourvoie si facilement, ces attentes non formulées qui font qu'on hésite et qu'on oscille entre plusieurs pôles d'attraction et de stabilité, ça, c'était une aventure à nulle autre pareille !

Grandir aussi et se déprendre de ce zeste de puérilité qui colle à la peau, assumer sa destinée d'homme libre de ses choix, qui se détermine plus concrètement sur la base de la connaissance du pourquoi de ses envies.

Je sentais bien qu'on allait me resservir la pyramide de Maslow pour théoriser mes besoins vitaux et fondamentaux, hiérarchiser ceux-ci et me montrer comment atteindre le bonheur, pourtant à vouloir trop vite en gravir les degrés je ne risquais qu'une glissade folle.

Mais cette joie de vivre, cette capacité à être pleinement soi-même tout en pouvant accorder plus que de l'attention à une autre personne sans en être obnubilé pour autant, voilà ce à quoi j'aspirais sincèrement.

Ne pas changer, ne pas me forcer dans ma nature profonde et véridique, ontologique, et juste accepter le partage des instants dans leur magie, leur beauté et leur plaisir.

Tout cela était vite dit mais une fois de plus je venais d'essuyer un refus devant l'obstacle, enfin un échec pour être plus précis, et sans m'être pris les pieds dans les chandeliers ni mouillé dans la rivière je n'en finissais pas de refaire ce parcours du combattant.

Ce n'était pas l'heure de culpabiliser et de retourner trop dans sa tête les raisons, objectives ou pas, de la présente situation.

Il fallait résolument repartir à la recherche de quelqu'un ; oh pas n'importe qui, qui puisse combler mes attentes mais surtout à qui je puisse apporter un maximum de ce qu'elle serait en droit d'espérer.

Espérance, attente, comment conjuguer cela avec détente et sérénité plutôt que de se tendre vers un but imprécis, une cible floue, une destination inconnue ?

Et d'ailleurs cette attente était-elle une bonne chose, qui stérilise parfois et empêche les prises d'initiative ?

Décidément je bouclais toujours sur des questions et si je continuais comme cela, je n'allais pas m'en sortir, et le refrain qui continue en arrière-plan de ces pensées batailleuses et sourcilleuses.

Notre vie n'est donc que cela, cet entrelacs, cet entre-deux qui nous fait rebondir d'une histoire à l'autre, entre enthousiasme et dépression, entre passion et miasmes.

Non je ne le crois pas en fait, mais le sens de la quête ne nous apparaît pas dans son évidente simplicité qui est de nous frotter, de nous confronter, de nous révéler à nous-même quelques vérités cachées qui sans cela ne pourraient nous frapper.

Les expériences d'hier et les échecs qui vont avec sont les réussites de demain et la conscience plus éclairée des conditions de l'harmonie, de l'espoir et de la confiance en soi.

On ne peut que devenir ce que l'on est selon les mots même de Nietzsche, ce moi le plus intime, le plus secret qui entre patine et vernis donnera à voir le pur galet, qui va rouler et s'entrechoquer pour faire surgir le noyau dense moins ballotté et apprêté.

Enfin un peu de quiétude venait et c'était bien et c'était bon, c'était surtout nécessaire pour retrouver assez d'assises pour relancer la mise dans un jeu où les atouts ne manquaient pas mais où les occasions manquées ne repassent pas non plus sans oublier de remiser quelques sentiments vieillis et sans utilité.

Je doutais plus que je ne redoutais, je fredonnais plus que je ne frissonnais, mais dans cette ombre sans sombrer je me maintenais à flot entre deux eaux, entre deux idées, entre deux femmes, dans la physique de l'attraction, dans l'architecture de la symétrie, dans l'encombrement des sentiments.

Ma décision était prise, plutôt que de faire grise mine il fallait sourire à la vie et hardiment continuer sans craintes et sans plus retarder le moment d'affronter quelques vérités anciennes.

À la rencontre de soi-même, dans la mise en perspective de sa vie, il fallait consacrer cet ouvrage, le couronner, le nimber, l'auréoler de tout le don de soi-même et surtout transmettre, oui transmettre.

Pas que des gènes, des valeurs mais pas faciales, s'éloigner du matériel pour renaître à la lumière du cœur, dans un échange vrai et profond dont la raison, la motivation explicite ne pouvait être que la perpétuation de l'espèce et du nom, du sang et de l'histoire, dans une transcendance qui reléguera bien loin les vieux souvenirs ou seul l'abolissement du temps comptait dans d'éperdues étreintes.

Je crois bien que j'avais enfin, non pas fait le tour de la question mais fais le point et choisis un cap contre vents et marées et maintenant affermissant la barre dans ma main j'allais le suivre vers ma destinée, la terre promise et l'idée d'un enfant comme salvateur et rédempteur de tous mes errements.

Je savais que l'amour avait plus d'un fondement, mais j'avais trouvé ce point d'ancrage cardinal qui me ferait résister aux vents mauvais et tendre le regard vers l'horizon, par-delà les mirages.

Je n'avais besoin que d'amour, un manque à combler, j'allais m'y atteler...

ooo

2/ Dans la peau d'un ours

Je crois m'y être souvent mis et cela m'arrive encore parfois, si je n'y prends garde, et pas seulement à l'heure du petit-déjeuner !

Si j'étais un Ours... ça aurait pu être le titre d'une chanson du célèbre Ivan Rebrov qui s'illustrait régulièrement dans des spectacles du dimanche avec Guy Lux en présentateur.

L'ours c'était aussi une pièce d'Anton Tchekhov dans laquelle j'avais joué il y a fort longtemps, un rustre faisant sa cour à une veuve pas si éplorée que cela...

Oui mais voilà ça faisait longtemps que je m'étais moi-même mis dans la peau d'un ours et pas seulement au moment de se coucher quand je me blottissais contre mon petit ours en peluche adoré bien que râpé.

Déjà qu'à l'heure du marchand de sable et de Nicolas et Pimprenelle, il y avait Nounours et sa grosse voix qui nous endormait avant que les étoiles ne nous amènent la grande ourse dans la ligne de mire.

J'avais à vrai dire beaucoup d'admiration pour l'animal - pas encore réintroduit à l'époque dans les Pyrénées - et ce n'était pas du qu'au visionnage de l'émission « La vie des animaux » de Frédéric Rossif qui passait tous les samedis soir et dont la bande-son inimitable me donnait déjà des frissons avant l'heure.

Rien ne nous était épargné quant à la nature sauvage des bêtes non domestiques.

Je me demandais déjà à l'époque, grand amateur de cirque avec la piste aux étoiles de Raymond Marcillac en monsieur loyal, pourquoi l'ours n'était pas plus présent dans les spectacles sous chapiteaux comme sur les chapiteaux des cloîtres d'ailleurs ? Encore qu'il figure sur une façade de saint Just de Valcabrère comme un démon de plus.

Non l'ours c'était pour moi, selon les canons de l'école, ce plantigrade omnivore quadrupède qui pouvait aussi se tenir debout dans une ressemblance frappante avec l'homme.

L'animal peut aussi être dressé, sans doute souvent avec le poing, et en lui mettant les points sur les i, nul doute que dans les vallées devants les ribauds mi-effarouchés, mi-captivés par ce captif pas rétif il n'entame sa danse au bout d'une chaîne et ne déchaîne des torrents d'applaudissements. Certes il n'avait pas la plastique d'une Esméralda mais il a fait tourner chèvre bien des éleveurs en ravageant les troupeaux d'ovins dans les estives comme une activité moins festive que nutritive.

Si l'ours vit aussi de rapines il ne s'en multiplie pas moins, à portée de fusil ou pas et chaque année ce peut être deux petits.

Mais voilà il faut les élever et les accompagner pour qu'à l'âge adulte ils puissent se débrouiller seuls, grimper aux arbres, faire des acrobaties aux branches et courir sus à des proies pas enclines à se laisser attraper comme cela.

Comment je l'ai rêvé mais pas révélé, ma vie d'ours, un plantigrade qui sait se tenir sur ses deux pattes arrière sans chercher à faire le beau plus que de raison mais qui sait faire, des baies de toutes sortes et du raisin son ordinaire mais pas que son miel ?

Je savais bien qu'ils avaient fréquenté autrefois les mêmes lieux et que dans les grottes les rencontres avaient dû être fréquentes, et point besoin pour ça de la scène emblématique vue dans le film « La guerre du feu » de Jean Jacques Annaud où un Néanderthalien était la proie de cette féroce bête qu'avait dû être l'ours des cavernes.

Des cavernes sans ours ça n'existe pas et les grottes explorées par Jean Clottes et les autres sont remplies de ces dessins où l'on voit la silhouette massive mais aussi le museau luisant, la truffe humide et les narines dilatées par des odeurs revigorantes.

Alors oui l'art pariétal avait largement contribué à illustrer cette proximité dont on se doutait à l'époque où on se vêtait encore de peaux de bêtes, sauvages évidemment.

La disparition de nos contrées de cet animal mythologique, emblème et symbole chargé de sens historique, même préhistorique, avait certes modifié dans nos consciences la représentation que nous nous en faisions.

Mais il en était presque de même pour le loup et le lynx notamment, qui pouvaient faire partie des mauvaises rencontres autrefois, dans les bois et pas que du côté du Gévaudan.

Après la dévotion, la dévoration et quelques actions de grâces pour un animal doué de raison et d'appétit et qui ne met pas sa graisse de côté pour passer les longs mois d'hiver endormi et presque cataleptique.

Mais on ne réveille pas impunément un ours qui dort comme on ne s'approche pas des oursons quand la mère est proche.

Ce qui me fascinait déjà à l'époque c'était la force brute et la rapidité extrême de ce prédateur qui pouvait d'un coup de ses griffes acérées éventrer une proie et estourbir ou assommer même un homme.

Un ours blanc, la plus grande des sous-espèces dont on apprend avec surprise qu'il a un odorat près de dix fois supérieur au chien, ce qui lui permet sur la banquise de sentir un bébé phoque à plus d'un kilomètre de distance et un cadavre de baleine en putréfaction à 30 kilomètres !

Tout un parcours où l'imaginaire s'exerçait et les rêves vous projetaient dans un univers d'ours. D'autres images fugaces mais pas comme des étoiles filantes traversent mon esprit au moment où j'écris, et notamment une terrible rencontre racontée et illustrée entre l'homme et l'ours dans « Le dernier des Mohicans » de Fennymore Cooper.

Alors l'ours ce n'était pas qu'une histoire de racontars autour de l'homme qui avait vu l'homme... qui avait vu l'ours, et d'ailleurs cette histoire me turlupina longtemps avant que je ne m'accommode d'une explication parmi d'autres sur son côté insaisissable et sur les fables qui couraient à son propos.

Il ne singe pas l'homme mais se redresse de sa haute et puissante stature et sait assener des coups de pattes terribles et parfois mortels ! Pourtant l'homme ne le voit-il pas comme un animal gênant ?

Je l'aurais bien vu en roi des animaux sous nos contrées et ce n'est certainement pas après avoir appris l'extrême force de sa mâchoire que j'aurais pensée différemment, puisque face à lui le tigre ne fait pas le poids et qu'il peut casser os et échine d'un coup de mandibules bien ajusté.

Pourtant s'il s'endort facilement en saison (mais souvent que d'un œil selon le climat) peut-on dire pour autant qu'il a une mort fine ?

Parfois un vieux mâle se fait chasser par un jeune vigoureux et qui n'a pas froid aux yeux et c'est solitaire qu'il va se terrer dans un recoin pour y finir ses vieux jours perclus de rhumatismes.

N'avait-il pas partagé dans les arènes romaines le sort des lions et des buffles devant une foule en délire ?

Oui mais voilà il était tombé au champ d'honneur dans un combat truqué ou perdu d'avance face au lion qui l'avait détrôné avec et grâce à des complicités dans l'église même, pour qui le symbole païen figuré par ce géant était bien gênant.

Alors certes il apparaissait encore sur quelques écus et l'héraldique s'en accommodait encore !

Ah il est vrai que l'animisme et le chamanisme lui avaient assigné un rôle si particulier, lui qui peuple encore la Taïga russe en grand nombre, ce qui ne va pas sans poser problème, comme de récents épisodes l'ont montré.

Lui qui avait longtemps été la mascotte de notre sainte patrie la Russie n'est plus en odeur de sainteté car à trop le considérer comme inoffensif et à s'en approcher inconsidérément des inconscients se sont fait, dans le meilleur des cas une belle frayeur, voire n'ont pas réchappé à la confrontation. Mais aurait-on aimé que Pierre rencontrât un ours au lieu d'un loup, pas si sûr ? Stravinsky a fait un autre choix.

L'ours, c'est rarement le contact direct avec lui qui nous permet de l'apprécier ; il peut charger, surtout si des petits sont en jeu, sinon qui partira le premier et ne faut-il pas rester immobile plutôt que de s'enfuir alors qu'il aurait vite fait de nous rattraper, tellement il court vite ce que sa masse ne laisse pas supposer de prime abord.

Son cri de gorge est terrible quand il ouvre largement sa gueule à s'en décrocher la mâchoire pour faire peur à l'intrus sur son large territoire ou effrayer le rival qui coure après les mêmes femelles.

Plongé dans un rêve profond on se retrouve d'abord revêtu d'une peau, en fait une fourrure, d'ours pour singer l'animal dans des fêtes médiévales où les rituels le disputent à une peur ancestrale dans les profondes vallées pyrénéennes.

Mais la mue se transforme en une véritable métamorphose où l'on devient celui qu'on cherche à imiter et voici qu'une nouvelle tranche de vie inattendue s'ouvre à nous maintenant.

On se retrouve en situation à marcher le nez au vent et l'œil attentif, sur les coussinets bien larges.

Ce n'est pas à pas de loup qu'on se met en maraude pour dénicher de quoi souper et que selon les endroits et les moments on fait varier son menu au gré des affinités et surtout des occasions.

On change de peau et de rôle et on comprend qu'il y a un autre prédateur qui nous a supplantés dans l'ordre écologique et qui lui ne fait pas de détail et nous traite non comme du bétail mais comme vil gibier quand il ne cherche pas à nous voir balancer au bout d'une potence.

Qu'il se roule dans l'herbe, se gratte le dos contre une écorce ou encore déguste tout ce qui est à sa portée, le régime est varié et parfois avarié, surtout s'il se transforme en nécrophage attiré par une charogne de daim ou d'élan laissé par quelque harde de loup.

Il faut le voir attraper des saumons au vol à la saison de la fraie !

C'est un spectacle, en soi, tant il est habile à ce sport et sans ligne posée il se met en travers du passage lors des sauts saumonés et avale goulûment à la volée les proies à la tête déjà déformée puis avec ses pattes habiles mange le plus gras du poisson, la tête et les joues, les filets en suivant.

C'est un sacré pécheur qui ne prêche que pour sa paroisse mais qui sait voisiner avec ses congénères en ces occasions même si chacun guigne la place de l'autre et qu'une préséance existe, selon le rang, pour se positionner aux meilleurs endroits.

Alors finira-t-on jamais cette galerie de portraits entre naissance, apprentissage et sénescence ?

Passera-t-on revue tous ces cousins du plus humble ou du plus sombre au géant Kodiak qu'on a de la peine à photographier de près, ou au polaire qui collectionne les fourrures.

Et finalement, pour un ours, le pire ne serait-il pas la perspective de finir en descente de lit et pas dans les rapides, car cet animal affolant n'est-il pas finalement, un faux lent ?

ooo

3/ Une pierre mais dans quel jardin ?

En cette année 2012, si riche en prédictions les plus farfelues qui soient, il est une certitude c'est que la commémoration d'un événement arrivé il y a deux siècles va bientôt avoir lieu au muséum d'histoire naturelle de Toulouse.

Oui l'année où la grande armée partit pour la campagne de Russie, avec les résultats que l'on sait, un signe annonciateur, du moins selon les auspices des temps anciens, se produisit via la chute d'aérolithes qui embrasèrent le ciel du sud ouest au nord de Toulouse.

C'était le 10 avril 1812 vers 20 heures et il faisait nuit noire.

Imaginez, à l'époque où les sources de lumières sont rares à la nuit tombée, surtout en pleine campagne, des éclairs de lumière qui se succèdent entrecoupés d'explosions et de détonations.

On a ainsi le récit, selon les rares témoins oculaires de l'époque, situés dans des métairies, de la manifestation tangible d'un phénomène assez rare et qui frappe toujours les esprits quand un bolide venu de l'espace percute à grande vitesse, les couches denses de l'atmosphère.

Ensuite il s'échauffe et peut être porté à une température de fusion qui signe la trace lumineuse dans le ciel quand il se consume et puis parfois il se désagrège bruyamment, explose en morceaux qui partent dans tous les sens et arrosent une large superficie au sol, dispersant sur une grande ellipse des centaines de morceaux secondaires préservés ou pas de ce brutal échauffement et du contact avec le sol.

Ces météores transpercent donc le ciel et s'écrasent où ils peuvent, en gerbe ou pas et ensuite les cultivateurs, du moins à cette époque, ou quelques autorités scientifiques, comme des naturalistes pouvaient à leur tour venir faire des constats de terrain.
Mais outre que la fragmentation de ces bombes volantes rendait faible la probabilité de les dénicher sur des terrains parfois difficiles d'accès, falaises, forêts, il y avait aussi pour la géologie, encore balbutiante et malgré l'intérêt porté par de nombreux physiciens minéralogistes un bestiaire mal débrouillé avec des caractéristiques et des critères de reconnaissance mal établis.
Certes l'Empereur avait promu des filières d'excellence pour la formation de scientifiques de renom et les savants étaient à l'honneur pour un empereur féru de mathématiques, artillerie oblige mais curiosité non feinte et comme l'avait bien montré l'Expédition

d'Égypte qui avait permis d'approfondir tant de domaines, scientifiques notamment.

Alors voilà, un phénomène aussi singulier méritait bien qu'on réveilla la mémoire locale et d'abord celle des archives, puisque de photos il n'en était point question avant que Nicéphore Niepce une bonne dizaine d'années plus tard ne fixe sur la pellicule la première image connue.

Le plus troublant dans cette affaire, devenue une aventure au gré de l'enquête savante qui avait été menée c'est bien qu'il ne soit resté aucune trace, aucun échantillon localement.

On joignait ainsi à la dispersion aérienne la dispersion géographique. De plus les plus beaux exemplaires en taille et en qualité ne se trouvaient plus sur le territoire national.

Ce n'était pas un comble ni une bizarrerie puisque les collectionneurs privés à l'époque étaient nombreux qui voyageaient et puis c'était au mieux disant quand il y avait des enchères.

Les préparatifs allaient bon train, la commémoration avait été annoncée à l'avance comme une possibilité par certains des protagonistes et nommément les géologues qui avaient tiré le fil de l'enquête, et le projet avait pris forme avec une conférence publique ainsi qu'une exposition. Un concours de nouvelles était même prévu paraît-il ?

Dans cette agitation médiatique il convenait de revenir sur la portée éducative d'un projet qui permettait de se familiariser avec les techniques scientifiques frustes d'une époque où tout était à construire.

Pourtant l'intérêt, la patience et la pugnacité de savants ancêtres des chercheurs n'étaient pas en cause, ils traçaient et ne gravaient pas que pour la postérité bien qu'un certain nombre ait laissé leur nom à des minéraux dont ils avaient été les découvreurs comme le Mica blanc Biotite du Physicien Biot (de la loi de Biot et Savart).

Alors oui il y avait mystère sur le devenir de ces pierres qui trouvées sur place par une mission de savants venue de Toulouse avec les autorités locales avait instruit la chose.

Car comme vous vous en doutez cette affaire fit grand bruit dans le Landernau local, oh pas à l'égal de celle de Callas quelques dizaines d'années plutôt, mais on peut y voir un élément en commun en ceci que Voltaire qui s'était emparé de l'affaire depuis Ferney avait aussi été, après la destruction de Lisbonne, un des initiateurs spirituel et rationnel de la science empirique.

S'éloignant de la conception biblique créationniste, puisqu'il faut toujours des événements spectaculaires pour faire réagir, infléchir les tendances, amorcer des dispositifs et des sciences.

La création de l'USGS (United States Geological Survey) après le tremblement de terre de 1906 à San Francisco ne procédera pas autrement.

Les témoins avaient parlé et leur trouble était encore notable puisque c'est une grande frayeur qui les avait pris dans ces années d'incertitude où déjà trop de commis et de fils partaient à la guerre pour rejoindre les rangs des troupes impériales.

Napoléon s'apprêtait presque à conquérir Moscou après des accords sur l'île de Tilsitt sur la Vistule qui avaient éloigné un temps les Russes de la grande coalition. Et puis avant Borodino et la Moskova on savait que c'était l'Empire tout entier qui se mobilisait dans une constellation impériale.

De là à donner naissance à des étoiles filantes qui ne dureraient qu'un temps comme celui des espoirs qui ne manqueraient pas d'être déçus par l'hiver russe, la terre brûlée et une tactique de harcèlement digne de la guérilla, mais pas avant l'heure puisque l'Espagne avait également eu la sienne.

Un grand effroi, une peur sans nom, un tonnerre météoritique, un éclairage presque comme en plein jour, voilà à quoi avaient été confrontés les témoins présents ce soir-là, attirés qui par le bruit ou la lumière au moment du repas.

Après, le silence de l'Histoire et des zones d'ombre, il était temps enfin de lever le voile sur certaines des questions qui avaient guidé la recherche de scientifiques qui voulaient comprendre comment tout le « trésor » avait été dispersé.

Bien sûr, à l'époque si tout ce qui tombait du ciel n'était plus forcément béni et que les haruspices ne déclaraient plus sinistres ce qui n'était pas un désastre, à de telles échelles du moins ; et puis qui entendrait parler presque un siècle plus tard de la météorite de la Toungouska et des ravages causés dans la forêt sibérienne !

Enfin sidérés par ce qui n'avait rien d'une sidérite puisque selon le catalogue des météorites qui nous donne, pour celles qui sont répertoriées du moins, le lieu et la date et puis le type, nous apprenons que celle de Toulouse était une chondrite de type H6.

Que ces vocables spécifiques peuvent paraître spécieux et abscons au béotien moyen et pourtant c'est une espèce très courante puisque 80 % de celles qui tombent sur terre en font partie.

La composition, la structure, et puis l'histoire avec la possibilité comme dans notre cas de métamorphisme de transformation des composants sous l'action de la chaleur nous permettent de ne pas considérer comme de simples cailloux de jardin des roches venues de l'espace et qui signent leur provenance de manière spécifique.

Remettre de la lumière sur cette histoire et montrer non la filiation scientifique mais humaine qui avait conduit dix-huit musées du monde entier à détenir des fragments de cette vérité voilà qui était à proprement parler une aventure qui sortait des sentiers battus.

Pourtant tout ce bel ordonnancement de la science en marche, vecteur de progrès et de connaissance risquait bien de voler en éclat par la volonté d'un homme resté jusque-là volontairement dans l'ombre.

En effet un particulier tenait en sa possession depuis plusieurs générations « un talisman » noirâtre et à cupules qu'il avait jalousement gardé.

Il était considéré, dans cette famille d'alchimistes comme un élément essentiel de l'œuvre au noir permettant de parfaire le nigrédo pour arriver enfin à la pierre philosophale.

Certes les alchimistes étaient moins pourchassés que dans le passé mais même les plus célèbres s'y sont adonnés dans l'anonymat comme Newton dont une correspondance privée vient de révéler cette facette inédite. Il n'était pas encore bien vu partout de mentionner de telles pratiques surtout après que des affabulateurs ésotériques de la meilleure eau comme Mesmer ou Cagliostro aient terni l'image de ces chercheurs puristes et misanthropes.

Et donc ce que s'apprêtait à révéler enfin au monde ce re-découvreur, c'était l'existence d'un échantillon tombé à Toulouse qui surpassait de loin par sa taille et sa richesse tous les autres morceaux que la Physique avait bien voulu fragmenter cette nuit noire d'avril.

Faire la lumière sur l'œuvre au noir, puisque sa composition et ses propriétés étaient en relation directe avec l'usage qui en avait été fait depuis, secrètement certes, mais tout de même c'était rendre et faire revenir aux yeux du public un joyau tant esthétique que spirituel.

Un fragment non d'étoile mais de planète ou d'astéroïde, de satellite aussi, décroché de la voûte céleste avait fait route vers la terre avant de mettre en déroute les trop rares témoins qui sous le coup de l'affolement s'étaient égayés dans la nature, inspirés par des pressentiments curieux.

Le secret avait été bien gardé par des taiseux qui ne partageaient point facilement leurs savoirs et le transmettaient prudemment de père en fils pour être sûr de lui conserver son originalité et ce savoir lentement et savamment construit et élaboré n'avait pas encore quitté le laboratoire alimentant l'athanor privé.

Cette révélation apparaissait donc non comme une outrance mais comme une délivrance dans un partage raisonné qui permettrait à beaucoup de comprendre les limites de la Science ainsi que ses impasses aussi, de faire le lien par-delà le temps avec l'histoire, aussi singulière soit elle, et de faire surgir des ténèbres des signes moins annonciateurs de catastrophe que de découvertes à venir.

Ce serait assurément le point d'orgue de la manifestation que ce dévoilement sans dévoiement d'une voie noble poursuivie et énoncée d'une voix qui sans tressaillir pourrait annoncer une contribution aussi inattendue qu'inespérée depuis si longtemps.

J'en étais là de mes réflexions sur les développements à donner à cette histoire et je me disais que les Gaulois que je nomme Celtes, dans une acception plus juste et large, avaient bien raison d'avoir peur que le ciel ne leur tombe sur la tête !

ooo

4/ Visions du désert pour un aventurier perdu

« Cette silhouette qui court sur le chemin de halage, pas de doute, il l'a déjà vue quelque part », mais pour comprendre la genèse de cette histoire il faut se reporter quelques mois en arrière.

Pâleur crépusculaire et chaleur démentielle, cet été qui tire à sa fin n'en finit pas de nous surprendre. Harassé, presque terrassé par ces nuits brûlantes à en mourir, la transpiration ne nous donne plus guère d'inspiration.

Au point d'en amener certains à râler sans pouvoir rallier un lieu sûr, un vrai havre de paix où trouver le repos, favoriser la relâche et permettre de regarder sereinement l'avenir.

Ce matin-là j'ai bien du mal à retrouver mes esprits tant la nuit a été agitée. Sur ma couche trempée je me demande encore si j'ai rêvé où bien halluciné. Pourtant la prise de substances psychotropes ne m'est pas coutumière, malgré la proximité d'une réserve Hopi et les pratiques chamaniques qui utilisent la psilocybine.

Ce n'est pas non plus une piqûre de serpent qui pourrait avoir provoqué ce que je prends encore pour une crise de delirium tremens, au point que ma tête est envahie de souvenirs plus bizarres les uns que les autres.

J'ai fait un songe... ce n'était pas celui d'une nuit d'été, mais plutôt celui d'un univers de lumière aveuglante et presque irréelle. Ce n'est pas aussi clair que je l'aurais voulu et les souvenirs en demi-teinte se détachent lentement sur le champ noir de ma mémoire ; c'est même hallucinant en y repensant !

Tout a commencé par une nuit sans lune... Je m'étais perdu dans le désert de Sonora, cherchant un lieu et son aura. Souffleur de verre exotique, j'avais un rendez-vous avec un client. Je l'ai manqué à force de tourner et retourner à la recherche d'un repère visuel que l'on m'avait indiqué.

Mais cela n'a rien donné, ou plutôt si, cela a donné l'incroyable rencontre qui allait définitivement bouleverser ma vie et ma conscience.

Fatigué de chercher ce chemin qui se dérobait sans cesse à ma vue, dans la poussière et la touffeur de cette nuit commençante, j'ai bien failli prendre une piste, à Jonction river, mais ce panneau délabré m'a paru un signe et j'ai pris le chemin qui montait à droite.

Ma vieille voiture poussive - une Eldorado 1954 à bout de souffle - espèce de relique de l'époque James Deanienne, m'a joué un vilain tour.

C'est sur une pierre typique du désert, du nom de dreikanter, anguleuse et coupante, que j'ai buté et que mon radiateur a éclaté. Panache de vapeur qui rajoute à la moiteur de l'instant mais qui n'a pas dissipé ma peur, au pays des coyotes et des serpents à sonnettes.

J'aurais pu penser que cela allait m'être fatal. Encore insouciant et dans la fleur de l'âge, je promenais ma longue échine dégingandée dans tous les bars louches de l'ouest sauvage.

Sauvage je ne l'étais pas comme un mustang qui rue et s'effraie à la vue du premier bipède venu, mais je crois bien que j'ai fait un effort surhumain pour retenir ce hennissement qui montait en moi... Car là-bas derrière un monticule, à cinquante mètres, se trouvait une drôle de coupole surmontée d'une cupule.

Le tout argenté mais ceinturé de deux lignes sombres sur toute la périphérie. Et tout près, il y avait une étrange silhouette dans un halo orange.

Ni souffre ni zéphyr la nuit était d'un calme glaçant mais, malgré sa petite taille, j'ai pu penser, l'espace d'un instant, que cette entité aurait pu être menaçante.

J'observai, pétrifié mais résolu, le manège qui se déroulait sous mes yeux.

Je n'avais pas encore clairement pris la mesure du tableau et ce spectacle était proprement hallucinant. Il y avait bien cette bouteille de mezcal que j'avais finie, en héros solitaire, dans la tradition des mescaleros. Heureusement que ce n'était pas de la tequila sinon on m'aurait pris pour un incroyant cherchant à tuer un ver solitaire.

Je décidai de me rapprocher, fuyant ma peur du sable celui qui donne un grain. Je me mis à ramper comme un vulgaire serpentidé ondoyant sur le sable à force de mouvements des reins.

Eh puis dans un souffle j'ai eu un éblouissement, tant la vision qui s'offrait à moi était inattendue. Un bulbe translucide laissait paraître des couleurs irisées dont la tonalité spectrale était sans cesse changeante.

Derrière cette sorte de verrière je crus distinguer une forme ou, du moins, ce que je serais tenté de caractériser comme tel. Des pédoncules multiples surmontaient une sorte d'entonnoir renversé et des flagelles, ou ce qui s'y apparentait, ondoyaient à un rythme lent.

Je battis violemment des paupières pour vérifier qu'il ne s'agissait pas d'un rêve !!

Mais non tout était bien en place et, malgré ce gros mal de tête après une après-midi de folles libations, je devais reconnaître que ma perception n'était que peu altérée bien que je me sois fortement désaltéré.

J'ai continué de ramper comme un chacal, le nez au vent, les sens aux aguets.

En quête de sensation forte mais pas aussi aguerri que je me l'imaginais pour affronter ce qui allait suivre.

Soudain je fus frappé, oh pas de plein fouet, par une rythmique bizarre qui flottait dans l'air et m'environnait lentement.

Cette sorte de mélopée lancinante et ouatée s'insinuait en moi. Bien que tendu par une farouche volonté de résistance, je sentais bien que progressivement mes forces m'échappaient.

Paralysé mais sans peur excessive j'attendais, quelque peu hébété, la suite des événements.

Une première note harmonique se fit entendre dont la sonorité résonna encore longtemps après en moi. Puis en rafale deux nouvelles harmoniques successives bien plus brèves qui cette fois me firent monter une terrible bouffée d'adrénaline.

Le pire était encore à venir car je voyais bien du coin de l'œil des petits feux follets qui dansaient allégrement sur le pourtour de la dune. Une sorte d'explosion se produisit, amortie par ma position couchée. Ce qui se passa ensuite défie encore mon entendement et la relation que je peux faire de mes souvenirs n'est est donc que plus approximative.

J'ai vu grossir, lentement et continûment, comme une grosse méduse une sorte de parachute flottant vaguement dans l'air.

Il semblait opalescent mais par moments laissait passer des jets de lumière irradiant fortement dans l'infrarouge.

Ces bouffées de chaleur me firent suer à grosses gouttes et dans la froideur de cette nuit désertique, l'échine parcourue de frissons, j'ai commencé à sentir un grand haut-le-cœur.

Je me suis senti transporté par-delà les formations géologiques environnantes.

Passant au-dessus des dykes, necks, mesas et autres calderas qui forment le quotidien des paysages j'ai filé droit vers le grand canyon...

Cette silhouette qui court aujourd'hui sur le chemin de halage, au bord du lac Powell, pas de doute, je l'ai déjà vue quelque part...

Là, sur les terres sacrées ancestrales, territoires célestes de chasse des premiers amérindiens j'ai bien cru voir courir un chaman !!

J'ai l'ai vu au bord d'un de ces canaux d'irrigation qui étaient utilisés pour amener l'eau aux cultures.

Bien avant que l'homme blanc ne domestique à nouveau, pour son compte, les flots tumultueux du Colorado et qu'à travers des grands travaux, comme le barrage Coolidge, il ne construise force barrages et canaux au plus grand profit de ces étendues semi-désertiques.

Cette silhouette qui se détache curieusement et répond en écho à ma mémoire c'est sans doute mon double, mon image virtuelle ! Mais en y réfléchissant bien, à vrai dire, je me demande si ce n'est pas un saguaro, agité de mouvements ondulatoires, ou simplement une de ces formes informes qui m'ont justement fasciné par leur quasi-immatérialité.

Ce que je sais, maintenant que je suis revenu au calme sur ma couche, c'est que ce n'était pas du cinéma à la Spielberg, pourtant fort à la mode par les temps qui courent.

Aussi profond que je cherche dans ma mémoire, j'ai cette espèce de regard cataleptique et glacé lié à une vision que je n'ai toujours pas compris.

On pourra bien chercher à me faire témoigner de ce type de rencontre ; je n'ai pas de certitudes, à peine quelques souvenirs bien embrouillés.

Cette altération de ma conscience est une des interrogations majeures qui découle de cette expérience. Car comment qualifier ce vécu autrement que d'expérience ?

Je ne sais pas si j'étais un objet d'expérimentation ?

En tout cas du halo au halage j'ai été plus observateur qu'acteur. Pas observateur au sens de la physique, car je ne doute pas d'avoir introduit par ma seule présence une perturbation dont le flou rétrospectif me fait justement penser à l'Hamiltonien de perturbation des physiciens quantiques.

La discontinuité dans l'espace-temps est un des mythes de la science-fiction.

Je crois bien avoir approché de très près un tel vortex.

Le tourbillon dans lequel il m'a entraîné me secoue encore...

ooo

5/ Trente minutes pour aller vers son destin

Trente minutes de retard ! Le froid était terrible.

Il releva son col en maugréant dans son dialecte souabe.

Décidément cet hiver précoce avait amenuisé ses défenses, rongé sa patience et il ne pouvait s'y faire car malgré ses vêtements et ses bottes fourrées il lui arrivait de grelotter et se voyait régulièrement en train de taper du pied pour essayer de maintenir la circulation dans ses extrémités engourdies.

Depuis son poste de commandement avancé le Hauptmann Schultze attendait les tirs de barrage qui devaient sonner l'heure de la reprise de l'offensive pour sa compagnie.

Le général commandant le secteur avait pourtant annoncé clairement la manœuvre hier dans une de ces réunions d'état-major qu'il trouvait interminable.

La ponctualité des obusiers de campagne Krupps était proverbiale et pourtant ils restaient muets cette fois dans le petit matin d'hiver.

Plus l'offensive serait déclenchée tardivement et plus elle risquait de se dérouler à contretemps, compte tenu de la conformation du terrain et de la visibilité qui deviendrait excellente pour les défenseurs français ;

rendant la partie extrêmement compliquée pour ses « Sturm truppe » ces troupes d'assauts, qui avaient reçu pour mission d'emporter une position très solidement défendue sur cette partie du front vers Saint Dizier.

Architecte dans le civil Schultze ne pouvait s'empêcher de penser à toutes ses destructions qui avaient transformé la zone en amas de ruines encore fumantes.

Lui qui n'avait rêvé durant toute son enfance studieuse que de constructions harmonieuses à l'épreuve du temps et à la gloire du progrès avait sous les yeux les traces de la folie destructrice des hommes.

Sa nature guerrière déjà peu prononcée s'était amenuisée au fur et à mesure de son instruction et de ses premiers combats.

Il avait compris que tous ces slogans qui avaient fleuri sur les lèvres des combattants endimanchés dès la déclaration de guerre et la mobilisation massive n'étaient que de puissants anesthésiants de la conscience humaine.

Car qui aurait pu croire sérieusement une seule seconde que ces déclarations d'hostilité qui reflétaient la confiance, l'estime et l'espoir que le conflit ne s'enlise pas avaient une once de vérité ; les « alles nach Paris » avaient fait pschitt comme ces boissons pétillantes à base de citron qu'on servait dans les kiosques des gares.

Son regard embué à travers ses lunettes mal ajustées, il essayait de distinguer dans le brouillard encore persistant, mais pour combien de temps, en direction du massif de l'Argonne tout proche.

Que de souffrances, de privations et d'illusions envolées au cours de ces trente-huit mois écoulés.

Le souffle du temps avait ravagé les consciences les plus solidement ancrées, une impression s'était appesantie qui disait la lassitude des hommes et l'espoir d'une fin des hostilités sans cesse repoussée au-delà de leur horizon quotidien.

Ce quotidien justement était des plus désespérants car, pour autant qu'il en ait eu le loisir, il avait constaté à quel point la situation sanitaire et alimentaire s'était sérieusement dégradée ces derniers temps.

Les soupes maigres de choux et de pomme de terre étaient de plus en plus fréquentes et cet ordinaire n'était pas de nature à réconforter les combattants.

Les estomacs creux comme les joues et les visages hâves et grimaçants portaient les stigmates de ces mauvais traitements qui duraient depuis des mois.

C'est que le blocus allié s'était fait plus pressant et cet étau qui s'était refermé sur les approvisionnements extérieurs rendait maintenant la pénurie extrêmement visible.

L'économie de substitution, l'inventivité des chimistes pour synthétiser des « ersatz », la dynamique impulsée par le bon docteur Rathenau, tout cela n'était que de peu d'utilité sur ce front boueux qui s'étendait sur des centaines de kilomètres.

Les distances et la boue persistante, surtout après les dernières pluies torrentielles, rendaient l'avancée du « combustible », comme ils appelaient familièrement entre eux la soupe, plus lente.

Situés en bout de chaîne ils la mangeaient plus souvent qu'à leur tour presque froide. Et c'est le long de ces longues moustaches humides que transpirait le plus leur état de dénuement prononcé.

Leurs positions étaient très avancées dans une enclave et cette saillie dans la ligne leur faisait obligation de ne pas céder un pouce de terrain ; outre que la bravoure exemplaire du régiment auquel ils appartenaient avait été citée à l'ordre de l'armée et que les consignes très strictes du général résonnaient encore dans sa tête.

Il avait réajusté son foulard, épongé son front où perlait l'incertitude d'une manœuvre retardée et dont l'issue incertaine le tenaillait sérieusement.

Il faut dire que ces dernières semaines avaient été terriblement éprouvantes pour les nerfs, tant la dureté des combats et l'âpreté des engagements avaient soumis à des conditions extrêmes les organismes déjà fortement affaiblis.

La contre-offensive du général Nivelle joint à la complicité du général hiver avait effacé les conquêtes de l'automne et rendu inutiles et dérisoires les sacrifices de centaines d'homme à qui on n'avait pu toujours, faute de temps où pour des raisons de sécurité dans le no man's land, donner une sépulture décente au milieu de cet infâme et informe bourbier et charnier confondu.

Qu'il était loin ce temps heureux et insouciant où il faisait ses études à l'université de Cologne. Son admiration pour la cathédrale de cette même ville était alors sans borne.

Il avait le souvenir de la touchante histoire de Renaud le fils aîné du duc Aymon d'Ardennes, compagnon supplicié sur les bords du Rhin.

Il imaginait tant de voyages pour apprendre et observer, pour triompher de la matière et en sortir par un acte créateur des monuments, symboles d'ordre et de vitalité.

Et là, hélas, il était confronté à des conditions de vie épouvantables même si, en moyenne, le génie avait aménagé des casemates moins inconfortables de ce côté-ci de la ligne de front.

Trancher dans le vif, il n'en était pas question car les pilonnages incessants d'une artillerie alliée revigorée qui venait enfin de toucher des obusiers de mêmes calibres que ceux mis en ligne par les Allemands avaient gravement endommagé les couloirs d'assaut pour la montée en première ligne.

La sape et les pelles avaient donc été de sortie en ce jour de la saint Nicolas. Avant que des rations de vin chaud épicé à la cannelle, à la manière du glogg scandinave, ne soient distribuées d'abondance sous les hourras d'une liesse soudaine.

Les nouvelles étaient rares ; derrière le front la population souffrait, en silence, des privations diverses. Les familles, afin de ne pas démoraliser les troupes par des lettres d'apitoiement ou par des récits trop durs, préféraient s'abstenir.

Soudain une fusée rougeoyante perça la brume sur la droite et alors commença un formidable déluge, pour ne pas dire orage, de feu et d'acier qui faisait sauter des gerbes énormes de terre dans un fracas assourdissant.

Les positions d'artillerie étaient largement reculées du front mais les sifflements rauques et courts des obusiers alternaient avec des déflagrations d'une violence inouïe.

Dans les tranchées les fantassins étaient prêts à monter à l'assaut ; tirailleurs et grenadiers attendaient pour s'abattre sur ces lignes encore assez visibles dont quelques centaines de mètres les séparaient à peine et qui ne tarderaient pas à disparaître sous les fumigènes.

Le tir de barrage dura une demi-heure et laissa les oreilles endolories.

Schultze avait envoyé son ordonnance aux nouvelles et celle-ci tardait à revenir.

Quand enfin l'oberleutnant Kraft fit son apparition, rougeaud et essoufflé ce fut pour, dans un souffle, annoncer que l'attente n'avait servi à rien !!

Des mouvements de troupes inattendus avaient été identifiés. Des escarmouches d'une rare intensité avaient opposé les avant-gardes dans un secteur encore plus exposé et l'état-major avait décidé de différer au lendemain l'attaque prévue localement.

Un soupir était alors monté des rangs ; la troupe allait bénéficier d'un peu de répit à défaut de repos en attendant le feu vert qui roulerait dans la pleine venteuse la masse vibrionnante des « Feldgrau » qui, entre leurs capotes et leurs havresacs, étaient lourdement chargés comme pour l'exercice.

La différence c'est qu'il s'agirait, une nouvelle fois, d'une offensive hasardeuse dans le hurlement de la mort fauchant en enfilade des contingents entiers.

Pour l'instant l'officier donna ses ordres à ses chefs de peloton, rabattit sa gabardine sur ses épaules engourdies et assura son casque en cuir à pointe d'acier en jouant avec sa jugulaire.

Ils profiteraient donc des douceurs envoyées pour la saint Nicolas, ces délicieux « Apffel Strudel » ou encore ces gâteaux roulés fourrés à la pâte de noisette.

Il se dit que leur heure n'était pas encore venue et cela ne lui fit point dépit.

Au contraire il agita sa tinette pour demander un peu de ce succédané de café à la couleur maronnasse, semblable à la glèbe alentour, comme dans une volonté de fusion avec les lieux.

Sa croix de fer tinta quand, dans un mouvement maladroit, il approcha le breuvage fumant de sa bouche.

Il pouvait bien souffler un moment, l'alerte était passée, mais la partie n'était que remise. Demain serait un autre jour, de tonnerre, dans une saison sans relief.

D'ici là il pouvait bien laisser son esprit vagabonder de nouveau dans les souvenirs colorés de sa mémoire précise.

Qu'était ce qu'une demi-heure dans la vie d'un soldat ? Cette demi-unité de temps pourtant comptait, dans son unité comme dans les autres, surtout quand la fatigue pesait comme ce jour-là sur les épaules.

Il descendit dans sa turne, cette cahute aux parois disjointes, où malgré tous les efforts les filets d'air polaire s'insinuaient dans les interstices des bardages de planches venant troubler le repos légitimement mérité.

Il s'allongea sans quitter ses bottes crottées et jeta une couverture mitée sur lui.

Son souffle s'apaisa et il put trouver un semblant de sommeil après tant de nuits d'insomnies.

Il s'installa dans une douce rêverie ou un tapis de neige immaculé avait remplacé la noirceur de ce terreau nourri du sang de tant de braves.

Cette blancheur cotonneuse était légère et veloutée et tandis qu'il glissait progressivement vers des profondeurs abyssales il se sentit tiré par le bas du pantalon.

Entrouvrant un œil en maugréant il eut la désagréable surprise d'apercevoir la haute silhouette du colonel qui s'encadrait dans la porte grande ouverte de son réduit.

« Finie la rigolade » !! Il y avait eu un nouveau contre-ordre, l'heure de l'attaque était venue.

Adieu aux plaisirs oniriques, adieu à l'imaginaire qui seul permettait de s'évader de cet enfer où Dante n'aurait pas été mal à l'aise et de tenir le coup dans la furie de ces corps à corps pathétiques.

Place à l'action ; peut-être la dernière, pour la patrie, pour l'empereur, mais en se levant prestement pour se mettre au garde à vous il avait un sourire ironique à la pensée de cette demi-heure chèrement distraite de sa destination initiale.

« Encore un moment d'éternité face à moi-même que nul ne me prendra » pensa-t-il en emboîtant le pas à son « Oberst ».

La piqûre du froid intense le rappela tout de suite aux réalités contingentes de sa dure condition.

L'attente allait reprendre, moins longue cette fois.

Dans les travées les troufions s'affairaient avec leur fourniment et l'on sentait monter de la terre des odeurs sauvages d'humus mêlées de noisette grillée.

Le seul souvenir des douceurs familiales lui fit monter à l'œil une larme, bien vite écrasée sur le rebord de la paupière.

Il n'était plus temps de s'attendrir mais la terreur qui le gagnait maintenant n'avait pas d'équivalence dans ses récents souvenirs.

Il devait sentir planer cette sensation terrible de la finitude des choses mais se ressaisit pour se jeter dans cette mêlée absurde au sort incertain... peut être plus qu'une demi-heure à vivre !!

ooo

6/ Mon cœur bat trop vite sous les ailes du vent

Il n'avait jamais dit à personne ce qu'il avait vu ce soir-là, devant le moulin, pourtant c'était un lourd secret qu'il avait porté toute sa vie.

Et là, au crépuscule de son existence, à la veillée, alors qu'il devisait avec son petit-fils, il avait cru bon, enfin, de mettre fin à ce terrible silence qui l'avait empli d'inquiétude une partie de son long chemin.

Il allait faire appel à des souvenirs, qui bien que lointains, étaient aussi précis qu'au premier jour.

Là-bas, sur cette éminence battue par les vents, terre rude et peu propice aux activités humaines il avait assisté un jeudi soir à un spectacle si étrange et en même temps terrifiant qu'il en avait conçu une angoisse profonde.

Enfouissant pour longtemps au fond de sa mémoire ces images, elles venaient de resurgir comme d'une boîte de pandore.

Il faut dire que les circonstances de ce testament oculaire étaient émouvantes : il venait d'apprendre le décès d'un ami d'enfance dans des circonstances particulièrement troublantes et s'était enfin décidé à soulager sa conscience après tant d'atermoiements.

Pour transmettre ce témoignage, il pensait que seul son petit-fils était digne de confiance.

Jeune étudiant en histoire contemporaine à l'université de Toulouse, celui-ci avait terminé un mémoire de Mastère sur les mythes et légendes ; aussi son grand-père croyait-il pouvoir placer en lui sa confiance dans une écoute attentive et bienveillante.

Il prit donc une longue inspiration et commença son récit, hésitant à prononcer des mots qui n'avaient pas franchi le seuil de ses lèvres depuis des lustres.

Il chercha d'abord à situer les circonstances de l'étrange rencontre dont il souhaitait l'entretenir.

Une région isolée aux confins de la Margeride avait été le théâtre d'une scène sans pareille dans sa vie d'humain. Pas de rencontre du troisième type, ni de loup-garou dans des contrées si proches de celles où pourtant, sous Louis XV, on avait chassé cette bête du Gévaudan si effrayante.

Non, cette nuit froide, où le vent soufflait en rafales courtes et rauques, sifflant sur l'éperon qui masquait la vallée en contrebas, s'était inscrite durablement dans ses souvenirs.

Un pierrier basaltique pour antichambre et une lande fantomatique pour décors. Il avançait pourtant prudemment dans une sorte de tâtonnement incrédule à la recherche des traces du passé.

Le vieux moulin n'était déjà plus en service depuis longtemps. Sous la lune blafarde si basse à l'horizon, sa silhouette massive se découpait et les moignons qui subsistaient, modestes restes des membrures de ses ailes, n'alimentaient plus que les phantasmes de joyeux farceurs dont il faisait partie.

À ce stade de son récit haletant, il s'arrêta un moment pour jeter une bûche dans l'âtre qui s'empressa de crépiter, animant la pièce de reflets nouveaux.

Gaspard, son unique petit-fils, était tout ouï pour recueillir les confidences mystérieuses de son aïeul à cet instant magique de la nuit de Noël.

Pourquoi avoir tant attendu avant que de se délester de ce fardeau si lourd qui l'avait bien encombré en de multiples occasions ?

Sans doute parce qu'au-delà des faits, la vérité était dure à partager, et les circonstances de l'époque peu propices à la crédulité des populations en ses dires de témoin visuel.

L'impatience commença à gagner Gaspard qui s'y perdait un peu dans ses phrases presque sibyllines. Était-ce le vin de noix qui montait aux oreilles de l'ancêtre ?

Son grand-père reprit le récit où il l'avait laissé.

Voilà donc le décor brossé à grands traits, mais pour les circonstances, il manquait encore quelques détails éclairants.

La période historique : c'était l'occupation.

Le lieu : un terrain de largage pour le maquis local, qui disposait ainsi d'une étendue facilement balisée, et en même temps relativement protégée des incursions de l'occupant, dont le premier poste était distant de plus de quinze kilomètres en retournant vers la planèze de Saint-Flour.

Alors quoi ? le parachutage de matériel avorté du fait d'un fort vent de travers ou le lieu de rendez-vous éventé par une fuite savamment orchestrée par les services de l'Abwer ?

Et bien non, rien de tout cela ; des jeunes gens motivés moins par raisons purement idéologiques, car on s'intéressait davantage à la pureté de la race salers pour les comices du canton, que pour des raisons strictement patriotiques ; le pays avait payé un lourd tribut aux tueries de 14-18.

Depuis l'envahissement de la zone libre, les Cantalous étaient devenus très motivés et ils avaient pris leur part dans une résistance multiforme, consistant autant à priver les garnisons de ravitaillement sur le terrain, qu'à attaquer et faire sauter des dépôts de munitions.

Le rapprochement des troupes, le sabordage de Toulon, les exactions en tout genre qui se multipliaient avaient agi comme un puissant élément de rassemblement.

Le charisme d'un ancien officier avait fait le reste et c'était sous les ordres de ce capitaine - dont le nom devait rester secret : il était connu sous le seul sobriquet de guerre de « Lebourque » - que le groupe local de Résistance s'était ensuite organisé. Préparant des coups à distance et se repliant ensuite sur ces étendues tourmentées de pacages boisés et semi-montagneux, il était effectivement devenu la bête noire du commandement régional allemand basé à Millau.

Mais, au pays de l'aligot, les saligauds avaient cours comme partout ailleurs. Heureusement, les paysans madrés du cru avaient plus d'un tour dans leur sac et, comme le fromage des alpages, ils avaient une étoile filante en ligne de mire.

Il est temps de revenir à ce jeudi soir de décembre 1943 où pour le premier quartier de la lunaison, le groupe s'était rassemblé entre le pierrier et le moulin. Le froid était intense, les souffles, malgré les passe-montagnes, généraient de longs panaches.

Ils avaient prévu ce soir-là d'allumer un mélange d'essence dans des boîtes de conserve pour signaler le polygone où devaient tomber les paquets de Noël.

Arrivés en groupe, ils s'étaient figés aux aguets et en arrêt, face à ce coin de prairie soudain découverte.

Les murs du moulin, lézardés et couverts de lichens, semblaient rougeoyer, mais ce n'était pas l'ardeur du soleil couchant qui provoquait un tel effet.

Non, c'était un feu ardent et fort alimenté qui se dressait, et autour se trouvaient des silhouettes chimériques et ondoyantes.

Un bouc d'une noirceur absolue pointait immobile ses cornes vers les volutes de fumée qui s'éparpillaient et ses yeux brillaient d'une lueur étrange.

Et tout autour, en cercle, sautillaient donc des femmes en fichus colorés et mantilles jetées sur les épaules et qui psalmodiaient une mélopée lascive et envoûtante.

Littéralement fascinés par le spectacle, ils étaient restés bouche bée comme hypnotisés face à ce tableau goyesque.

Jamais aucun d'entre eux n'avait vu ce qui aurait pu s'apparenter de près ou de loin, même avec un peu d'imagination, à un sabbat.

Mais les apparences étaient-elles suffisantes pour qualifier de symbolique la pseudo-cérémonie qui semblait se dérouler là sous leurs yeux dans cette nuit glacée ?

Leur chef, arrivé en retard, venait de les rejoindre ; cependant, il paraissait moins surpris qu'eux, comme si son expérience, en matière d'ésotérisme du moins, le rendait imperméable à toute manifestation d'étonnement et à des réactions inconsidérées.

Questionné du regard par ces yeux de chouettes qui brillaient dans les passe-montagnes, il avait négligemment haussé les épaules et leur avait expliqué qu'il s'agissait d'un groupe de réfugiées tziganes : hormis les tambourins délaissés pour un soir, c'étaient donc d'après lui des Roumis qui chantaient, et le bouc faisait partie de leur cheptel ordinaire.

Incrédules, ils écarquillèrent les yeux et suivant ses consignes, ils rebroussèrent chemin ; ce n'était visiblement pas ce soir-là qu'ils amélioreraient leur ordinaire, ni en singe ni en lait concentré, pas plus qu'en munitions d'ailleurs.

Ils repartirent en file indienne sans bruit et sans manifestation de mauvaise humeur, ce que n'autorisait pas de toute manière l'autorité hiératique d'un chef tout-puissant.

Là où les choses se corsèrent, c'est quand, huit jours plus tard, un article parut dans le journal local sous le titre accrocheur mais énigmatique de : « Sabbat et sorcières, quand le mal s'abat dans nos prés ».

Cet article détaillait comment un détachement de Feldgendarm aurait mis fin à une cérémonie païenne dans la lande de Ruynes, après une dénonciation sur fond de troupeaux d'ovins décimés par un mal mystérieux.

Cette découverte, qui s'en était ensuivie d'une incarcération des femmes en question, avait fini dieu sait comment avec les velléités exterminatrices des nazis dont la Wehrmacht était un auxiliaire souvent zélé, comme des travaux récents l'ont amplement illustré.

Oui, décidément, ce soir-là, il n'avait jamais vraiment cru aux explications de leur chef ; mais malgré son étrangeté, la scène ne lui était pas apparue comme démoniaque.

Pourtant, l'histoire n'était pas finie, et c'était seulement depuis qu'un sacrifice rituel avait eu lieu dans ce même lieu et que du sang humain avait été répandu, que l'aïeul avait accepté, juste à temps, de se délivrer de ce secret pesant dont il était maintenant le dernier témoin vivant.

Gaspard avait, par-delà les années et l'espace, fait un rapprochement entre les informations récentes qui avaient filtré dans la presse locale sur la disparition d'un ermite, et la découverte de son cadavre justement près des ruines de l'ancien moulin.

Des bouffées de chaleur lui montaient au visage et des élancements lui traversaient le corps, au point qu'il se demandait si cette histoire envoûtante ne lui tournait pas les sangs.

C'est que le sang avait coulé au moins une fois, peut-être deux, et ce dans des circonstances toutes aussi troubles. Le lieu où ces cérémonies s'étaient déroulées, s'il n'était pas maudit, était à tout le moins investi d'un caractère sacré dans le sens magique du terme.

L'endroit n'avait assurément pas été choisi par hasard, et mis à part la concomitance des temps et des événements, il y a près de soixante ans, on ne pouvait pas décemment imaginer une simple conjonction astrale pour expliquer le retour de vieux mythes remplis de superstitions.

Une explication plus rationnelle devait bien exister, qui lui résistait encore ! Le jeune chercheur, malgré ses connaissances, n'arrivait point à comprendre où était la faille dans le raisonnement du patriarche.

Délire de la sénescence ou hallucination collective, il aurait aimé dépêtrer l'écheveau entremêlé de ces souvenirs fuyants.

Il choisit de faire parler encore un peu son aïeul, non pour conjurer le sort, mais sans doute afin d'exorciser quelques vieux démons obsédants avec lesquels celui-ci avait cru bon de pactiser.

Le grand-père accepta de reprendre le flambeau de ce qui s'apparentait à sa quête de vérité.

« Vois-tu, Gaspard, ce que je n'ai pas su comprendre dans mes folles années de jeunesse, m'a ensuite poursuivi tout le restant de ma pauvre vie.

Ce qui s'est passé dans la lande était une opération de diversion pour nous permettre de nous enfuir ; et ces personnes se sont sacrifiées sur l'autel des intérêts supérieurs de la Résistance et de la libération du pays.

Pour ne pas avoir su voir cette vérité éclairante, et faute d'avoir pu l'accepter, j'ai été condamné moi aussi à errer dans ces endroits perdus ; et c'est pourquoi je me suis fait berger à la recherche de ces âmes de sorcières disparues.

Le vieil ermite dont tu me parles aujourd'hui, je l'ai bien connu et c'était l'avant-dernier témoin ; alors vois-tu, l'étau se resserre : le prochain, ce sera moi, et la malédiction est sur nos têtes ».

Et c'est sur ces dernières paroles quasi prophétiques que le malheureux s'éteignit dans un souffle ; son cœur venait de s'arrêter : dans le moulin de son cœur, plus rien ne battait et il venait de rejoindre les sorcières de sa jeunesse aventureuse, après avoir transmis à son petit-fils ce mystère démoniaque qui, lui, ne pouvait pas disparaître.

ooo

7/ Le canal aux surprises

C'est le soir tard, à la saison ou l'obscurité s'avance sans frapper et où à la clarté crépusculaire, la lueur de notre astre du jour est consommée plus vite que de raison que me promenant à la hauteur du canal de l'Ourcq, je mis mes pas dans ceux d'un inconnu qui me précédait d'une démarche claudicante.

J'étais parti cette après-midi-là pour flâner au gré de ces ballades solitaires dont j'avais le secret. Nez au vent je pouvais ainsi marcher des heures sans ressentir ni fatigue ni inquiétude me livrant tout entier à la seule joie des kilomètres avalés d'un pas alerte et me perdant en contemplation dans ce fouillis végétal aux couleurs changeantes de l'automne.

C'était bien une journée ordinaire qui se profilait au début ; succession de rencontres habituelles ou visages hâlés des mariniers qui trahissaient les lourds efforts consentis pour manœuvrer les mécaniques rustiques et mal huilées des portes des écluses.

Écluser un bock de bière c'est bien ce que j'avais fait goulûment quand la soif m'avait pris avec ces rayons bas qui dardaient encore trop à mon goût.

J'avais pique-niqué sommairement de quelques provisions de bouche amenées dans mon havresac en cuir favori jeté en travers de mes épaules.

Après une sieste aussi légère qu'appréciable j'avais repris le chemin sans but au long duquel me conduisaient mes jambes vigoureuses. J'avais bien rencontré un petit commis entrevu quinze jours auparavant chez un négociant grossiste de son état en maroquinerie.

Sa bouille réjouie était le signe de l'insouciance qui guide à cet âge-là, il devait bien avoir dans les seize ans le bougre, et il m'avait salué d'un franc bonjour.

La journée avait été longue, les kilomètres innombrables avaient défilé et si j'avais pu imaginer la tournure qu'allaient prendre les événements dans les heures suivantes il n'est pas certain que me serait félicité avec autant de facilité pour ce dégourdissement à peu de frais que m'avait valu cette solide promenade.

Promeneur solitaire donc je l'étais déjà depuis une couple d'heure et j'avais passé les grands quais près d'une minoterie à la hauteur d'un bief massif et noir comme de la suie quand dans la semi-pénombre qui déjà s'annonçait je vis s'avancer cette ombre massive à la silhouette trapue.

Ce qui me sembla être au premier abord un rustaud de province avec son calicot, son paletot et ses lourds godillots ; ce traîne-savates qui semblait emprunté avait donc pris avec un peu d'avance le même chemin que moi.

J'avais bien vu qu'une première fois il avait jeté par-dessus son épaule un regard furtif

Pas jobard pour deux sous je pensai « quel curieux personnage » mélange de quasimodo et d'hercule assurément pas une taille poireau.

Mais voilà les choses allaient se corser, s'épicer, s'alourdir dans la fraîcheur naissante du petit soir tombant, alors qu'un léger vent arrachait des ondelettes à la surface du canal. J'entendis soudain un énorme plouf à la manière d'un bloc de rocher qui s'abat avec fracas dans une rivière.

J'avais eu quelques secondes d'inattention à peine et voilà que le bonhomme avait disparu devant moi.

Il ne me fallut pas longtemps pour comprendre son manège c'est lui qui avait semble-t-il, à mon insu, fort peu prestement sauté dans le canal et j'apercevais maintenant comme un gros rat musqué dont la lente progression trahissait une inconfortable position.

Abordant l'autre rive quelle ne fut pas ma surprise de voir alors cette soudaine autant qu'imprévue transformation.

Mon gaillard semblait avoir pris dix bons centimètres tandis que sa taille s'était affinée de manière importante.

La métamorphose pour spectaculaire et inattendue n'en était pas moins réelle.

Il me sembla bien qu'il avait enlevé une sorte de bourre qui de la taille aux épaules lui faisait comme un embonpoint et une carrure si massive que seule la profession de docker pouvait lui correspondre, docker ou portefaix pour exprimer par la charge et le trait ce que son apparence empruntait au boulonnais.

Mais là ce désossé pouvait passer pour un artiste de cirque contorsionniste à ces heures

Car tel un accordéoniste il avait courbé et ployé son échine ce qui pouvait avoir donné cette allure.

Et maintenant c'était un jeune homme dégingandé qui taille fine et épaule large, souple comme une liane, s'était bellement dépouillé de ses oripeaux.

Il arborait une expression athlétique et l'on sentait ce corps, tendu comme un ressort, prêt à bondir. Il s'était caché derrière un de ces mûriers platanes qui à cette époque bordaient encore certaines voies d'eau et qui faisaient des manécanteries la joie et le profit.

Brusquement une lueur attira mon regard et d'instinct je me plaquai au sol pour observer tout à loisir le sinistre manège qui allait se dérouler.

Une barcasse avançait rapidement propulsée par deux godilleurs patentés.

Un troisième larron à l'avant de l'esquif portait un fanal qu'il avait ainsi deux fois haussé comme dans une sorte de signe de reconnaissance pour se faire connaître.

Le souffle court, le cœur haletant face à ces événements qui s'étaient tant précipités

Je me tenais aux aguets, inquiet mais curieux comme jamais.

Rien ne semblait plus se passer, quand mon athlétique devancier couru en dans l'éclat précis de cet instant mon sang ne fis qu'un tour c'était bien le prince qui était là sous mes yeux.

Déjà passée la surprise de l'avoir reconnu alors qu'il était censé être parti en mission à l'autre bout du royaume là où couvait une révolte et que son père l'avait mandaté pour y mettre bon ordre, comment se faisait-il qu'il soit ainsi déguisé si ce n'était pour une secrète cause, liée au destin du royaume.

Qu'un personnage public révéré et connu soit aussi dans le même temps amené à des agissements secrets me paraissait proprement bouleversant, comme une révélation des dessous anonymes d'une notoriété non feinte.

Mais sur cette barcasse frêle et instable que se passait-il donc que la lumière vacillait ostensiblement. En même temps que des ombres s'agitaient étouffant avec peine quelques jurons sonores.

Les horions allaient pleuvoir et même temps que sonnait un bruit métallique de rapière. À n'en pas douter son altesse courrait un grave danger et il me parut nécessaire de m'en aviser plus avant.

Je lui emboîtai le pas et sans surseoir à mon projet je pris mon élan et une et deux et je me propulsai également au milieu de l'élément liquide. Un bouillon infâme, à vrai dire, où surnageaient des feuilles éparses et quelques branchages.

Alors que je m'apprêtai à prendre pied sur la barcasse un coup de tonnerre ébranla mes tympans et ma raison.

Un mousquet venait de cracher sa mitraille sur les occupants et la violence du souffle avait été telle que les éclats qui avaient sauté du plat-bord m'avaient violemment heurté le front.

Une large estafilade dont suintait du sang me voilait la face.

Des cris fusaient et apparemment les malandrins qui vouaient à un sort incertain son altesse avaient fui dans le plus grand désordre.

Affalés dans cette obscurité quasi complète sur cette barque qui tanguait fortement je pris le pouls du prince pour m'assurer de son état.

Il respirait avec difficulté et je pris la peine de dénouer son col pour lui donner plus d'air basculant sa nuque en arrière le ventilant avec mon énorme chapeau.

Il revint à lui et me parla très doucement, avec un souffle rauque.

Ses dernières paroles furent pour son épouse et il s'éteint aussitôt dans la brume qui montait.

« **Coupez on refait le plan** » cria à ce moment-là, au porte-voix, le metteur en scène.

Eh oui c'était le dialogue intérieur tiré du script de ce film de cape et d'épée censé se situer au XVIIIe siècle.

L'intrigue très mystérieuse faisait voisiner des personnages inattendus avec les plus hautes autorités politiques de l'époque.

Un enfant naturel caché au royaume et une succession difficile rendaient le tout à la fois chevaleresque et romantique.

De nombreux rebondissements jalonnaient le récit.

Au point de rupture du tournage qui correspondait à la mort prématurée, contre toute attente, du héros on avait rencontré une difficulté inattendue.

Le canal au bord duquel se déroulait l'action était très ombragé et il avait fallu déployer des trésors d'ingéniosité pour les éclairages. Évidemment comme pour le Barry Lindon de Stanley Kubrick on utilisait des caméras avec des ouvertures importantes compatibles des éclairages de l'époque au rendu, sinon flou, du moins vacillant.

Eh bien voila justement que dans la dernière ligne droite, c'était une scène avec de nombreux raccords du fait des changements de plan, un incident technique majeur allait survenir nous privant durablement d'alimentation en énergie pour les projecteurs.

Malgré la réactivité de l'équipe technique il avait fallu attendre près d'une demi-journée pour disposer d'un groupe électrogène suffisamment puissant.

Finalement après maints atermoiements on avait trouvé une solution de compromis.

Mais cela avait mis en retard le tournage avec les conséquences sur la production qui du coup talonnait le réalisateur pour réduire les délais et surtout disposer des derniers rushes pour commencer un travail de prémontage.

Mais voila que des éléments adverses s'étaient ligués contre le cours normal des choses

Et malgré le doux clapotis des eaux du canal cette dernière scène, dont le final constituait un morceau de choix, ne s'était pas déroulée comme un long fleuve tranquille.

Les maquilleurs pouvaient bien s'activer à nouveau, les cadreurs reprendre leurs repères

Il allait falloir remettre ça avec la peur d'un nouvel imprévu qui pourrait jeter à bas le calendrier.

Le metteur scène, vieux routier du métier, pouvait bien fumer dans son coin une cigarette, ses gestes saccadés trahissaient indéniablement une certaine nervosité, bien compréhensible d'ailleurs.

Il tenait entre ses mains les clés du succès et toute l'équipe comptait sur lui pour mettre dans la boîte une épure bien léchée.

Assis sur un fauteuil pliant, près d'un brasero, je médite sur les aléas du métier et du coin de l'œil j'aperçois une silhouette qui court sur le chemin de halage, pas de doute je l'ai déjà vue quelque part.

C'est le petit commis qui est parti me chercher mon casse-croûte, car la faim me tenaille et on ne peut pas bien jouer le ventre creux...

ooo

8/ Livre ivre – Vade me cum

(Livre ivre de nous emporter au loin et qui lentement livre ses secrets)

« *Avec un livre dans la poche* » j'en avais fait du chemin, toujours ce même bouquin comme un fétiche, un objet dont on s'entiche et qui riche ou pauvre vous suit partout.

Son histoire c'est la mienne, sa couverture défraîchie et ses pages écornées, l'étiquette du libraire encore visible et salie par le temps et l'usage.

Comment étions-nous donc devenus inséparables et que pouvait bien cacher un tel attachement peu ordinaire qui ne confina à la superstition ou au mysticisme ?

Sans chercher à en dévoiler le contenu qui ne se laisse appréhender que difficilement, sans en retenir le titre dans un quelconque exergue, il convient simplement de rappeler les errances et les béances qu'il avait pu accompagner, constituant un fort réconfort en toutes circonstances plutôt qu'un bréviaire désuet en guise de pitance.

De fort longtemps, dans des temps qui se perdent dans la nuit de l'oubli, il avait été le témoin et parfois l'acteur de passages critiques alors même que pourtant c'est dans l'oubli que d'ordinaire je cherchais refuge.

Dans cette évocation loin de sentir l'embrocation, il n'y avait pas de place pour la dislocation, car le locus est un motus et presque une bouche décousue par où s'échappent en longues guirlandes d'autres maux.

C'est l'ivresse des mots qui m'avait peu à peu submergé sans jamais totalement me noyer, j'avais bien pu perdre pied parfois et pourtant regagner le rivage des miens, changé et chamboulé par les découvertes accumulées au fil des lectures.

Je me faisais l'impression d'un drôle de zig pas seulement dépassé par les événements mais profondément déchiré quand à ses fondements.

Tout est dans l'origine et dans les racines, au-delà du terreau : plantez un mot et bien malin sera celui qui pourrait deviner ce qu'il deviendra, quand grandi il aura quitté son cadre originel.

On dit « un livre, un monde, une aventure », on ne sait pas à quel point cela peut être vrai et dans mon cas comment cela avait pu changer le cours de ma vie comme un barrage qui détourne la sève des mots.

Car une fois plongé dans un récit performatif mais pas normatif, j'avais accédé à la magie du verbe, du « celui qui dit et qui agit par la seule force de son existence » comme la stance qui balance, impavide corde vibrante, des émotions et déroule comme un oracle le fil d'une auto prophétie.

Pourtant, je vous assure que je ne me voyais pas dans la peau d'un auspice qui guette les vols de corbeaux comme les lettres noires qui rasent la page blanche, sans jamais songer à l'hospice qui un jour vous guette lui aussi mais de manière plus définitive.

Non pas que je ne fusse pas rempli de cette puissante révélation de la parole divine qui vous fait deviner la moindre chose mais encore éloigné des conséquences néfastes que pourrait entraîner l'irrévérence ainsi matérialisée.

Et puis la portabilité des idées qui transportent et apportent, la modestie du format et la minutie de l'écriture, rendaient encore plus précieux à mes yeux cet opus.

Finalement le livre de poche, outre son coût réduit et l'accès démocratisé à la littérature, présente aussi l'avantage de son format, préfigurant les œuvres électroniques dans une anticipation de la modernité, sans avoir à s'encombrer du décorum des couvertures en agneau aux tranchefiles dorées et au papier de pur Vélin.

Alors de ce compagnon fidèle et peu exigeant je ne peux finalement dire que du bien et me rappeler que sa présence amicale a souvent été un réconfort certain et qu'au-delà de la compagnie il avait la capacité à reconstituer un environnement familier.

Et l'épreuve du temps me direz-vous, comment cette étroite complicité a-t-elle pu traverser les ans et surtout les dizaines de milliers de kilomètres parcourus sur des routes parfois bien misérables sans subir d'altération notable ?

Curieusement et sans allitération pas d'essoufflement, pas de désamour, une fidélité sans partage, et toujours le souvenir ébloui de la première fois comme éclairage à toute cette détermination mise à sillonner le monde à la poursuite d'un rêve d'enfance, embrasser le monde du regard dans toute sa diversité, un rêve toujours renouvelé et actif comme un gage, une promesse de changement.

C'est là qu'il me faut revenir sur le côté magique de cet ouvrage qui tant de fois me donna la force de continuer, de ne pas renoncer et d'accomplir un périple long et varié.

Son attraction jamais n'a pour autant fait de sa perte éventuelle une clause de rupture du serment que je me fis dans des circonstances fort pénibles.

Sans dévoiler des détails trop intimes dont ma pudeur ne saurait s'accommoder, je me dois de vous dire que bien entendu il ne s'agit pas d'une œuvre ordinaire au sens où on l'entend parfois, c'est un testament, un legs et un témoin d'un passé qui transcende les générations.

Tous ces mystères pour qui et pour quoi, alors seriez-vous en mesure de m'objecter ! Eh bien un don, une transmission, un talisman, tout cela à la fois. D'aucuns dans la tradition chamanique portent des amulettes et concentrent leur savoir dans des pratiques orales hors d'âge mais dans mon cas c'était l'écrit qui, non seulement comme support mais aussi comme empreinte, servait de locus pour ce jeu de focus personnel.

Jamais je n'ai cru ni n'ai craint que les éléments puissent me soustraire à mon destin, qui n'était pas seulement de suivre certains préceptes à toute heure du jour et de la nuit, en tout lieu, mais bien aussi de me conformer à la révélation qui m'avait été faite le jour de ma majorité.

Cela m'avait transformé et comme libéré, devenu papillon après une métamorphose aussi soudaine qu'inattendue, j'avais enfin pu voler de mes propres ailes, effleurant les terres du vaste monde.

L'apprentissage après le tissage du cocon soyeux avait été joyeux, convivial et festif, non que le travail manquât ni que les progrès ne se fassent parfois attendre fort longtemps, mais j'avançais sur mon bonhomme de chemin et creusais mon sillon sans haine et sans peur, dans une confiance qui s'établissait au fur et à mesure des voyages.

L'alchimie m'avait passionné à l'adolescence, les grimoires et Nicolas Flamel avaient constitué une sorte d'amer dans ma conscience encore remplie d'amertume malgré le début d'oubli.

Immergé dans des rencontres innombrables où je tentais de comprendre et d'assimiler coutumes et croyances, pratiques et sortilèges j'étais sorti de l'enfance pour rentrer dans un état de plénitude à défaut de certitude et accepter ce destin qui finalement était le mien.

Nomade j'étais donc devenu, dans la plus noble des acceptions qui soit, dormant un jour ici un autre là, attaché à rien ni à personne en particulier, ouvert à tous en général, je découvrais la mosaïcité du Monde dans les cités et sans être d'une quelconque manière excité, je pouvais réciter les livres sacrés empruntés.

Cette transhumance, cette migration n'étaient nullement une négation, elles relevaient d'un destin secret et d'un parcours qui dans son accomplissement ne pouvait s'accommoder de sédentarisation, car dans mes préceptes il y avait le « tu ne te fixeras point », pour faire le point fixe et tirer des plans sur la comète, je n'avais besoin que de quelques instants, d'un peu de concentration et d'imagination.

J'allais ainsi pendant de longues années, devenant progressivement plus sage mais pas moins enthousiaste, constater, à force de tâter les étoffes, la pauvreté du monde et son pouvoir de fascination sans cesse renouvelé.

Le livre lui suivait, ballotté dans la poche, comme le fruit d'une bonne pioche, il avait connu les sables du désert, le froid de la banquise, la chaleur moite des tropiques et l'acidité des forêts denses, il dansait quand le soir autour du feu j'exécutais, maladroit, quelques pas du cru et s'accommodait de toutes les pitances qui m'ont été servies et cela sans répugnance.

Et pourtant un jour arriva ce qui devait arriver, pas de fuite inexorable, pas de crime perpétré, pas d'oubli abyssal, même pas de lassitude morale, juste une évolution et son fruit, le constat tel un cri et enfin l'accès total à l'autonomie.

Tel un tuteur légal, un maître face à son apprenti, un parrain sur le chemin, il m'avait suivi mais si à son contact j'avais grandi, il était temps maintenant de s'assumer pleinement et de retourner prendre ma place parmi les miens.

Objet transitionnel d'une qualité certaine et d'une intensité totale je me résolus, bien que difficilement, à le laisser en chemin, le remerciant des conseils prodigués et pas fatigué d'entamer une nouvelle vie où il conserverait une place certaine dans mon cœur.

ooo

9/ Quatre boules de cuir

Maître Maximin, qui faisait profession de taxidermiste au bénéfice notamment du muséum de Toulouse, avait reçu ce matin-là une commande spéciale.

Il avait ronchonné comme à son habitude, trouvant toujours les exigences des clients démesurées et souvent pas réalistes et surtout supportant mal la pression que cela lui mettait

Très occupé par ailleurs par la préparation finale d'un Bonobo qui allait rejoindre les collections de primatologie du muséum de Toulouse, il n'avait d'abord pas prêté attention au pli arrivé la veille.

Il faut dire qu'il croulait en cette saison sous le travail et que l'urgence de certaines activités ne rendait pas sa tâche facile.

Bien sûr il avait un commis, une sorte de factotum, un dénommé Dutoit, qui s'acquittait avec diligence et précision d'un certain nombre de travaux, manipulations et courses. Ce qui lui faisait dire avec une once de malice que Dutoit pouvait toucher du doigt la difficulté de son activité.

C'est que malgré son expérience et le recours assez systématique à ses services, il n'avait pas en permanence sous la main tous les produits dont il avait pourtant un besoin impérieux.

Il fallait donc régulièrement se réapprovisionner en consommables divers, ce qui consommait du temps et de l'énergie, marquait des temps d'arrêt dans des tâches longues et parfois répétitives.

Pourtant la logistique était indispensable au bon accomplissement de sa mission, redonner une apparence de vie et rendre présentables au public des animaux extrêmement divers en taille comme en forme.

Il avait une vraie spécialité, justement, les primates ; c'était un homme brillant et avisé, qui savait rechercher dans de savantes iconographies.

D'ailleurs en ce moment il était dans une série consacrée à cet ordre auquel l'homme appartient depuis la nuit des temps.

Il puisait son inspiration pour les postures et les coloris, dans les planches naturalistes de l'Encyclopédie (celle de Diderot et d'Alembert), mais aussi la Britannica, les dessins de multiples expéditions en passant par Cook, la Pérouse mais aussi Humboldt et bien sûr Darwin.

Il avait ainsi acquis un fonds documentaire considérable qui lui servait régulièrement pour projeter l'allure finale donnée à une dépouille ou du moins ce qu'il en restait.

Alors oui il pestait quelques fois et empestait même car la tâche était souvent ardue pour donner forme, rigidité et mouvement, angles et attitudes.

Ce matin-là il travaillait justement avec Dutoit à tester les ombres portées de ce grand singe grégaire à la libido survoltée au moyen de sources d'éclairage. « Plus haut vous dis-je Dutoit, parce que sinon le plafond ne reflétera rien or c'est essentiel ! »

Les produits chimiques employés pouvaient notamment être agressifs pour un opérateur maladroit ou distrait. Mais ils étaient aussi souvent incommodants et à une époque où la VMC n'existait pas il fallait parfois créer des courants d'air et quand les rideaux paraient une silhouette on aurait dit un spectre revenu de nulle part.

Son travail nécessitait une extrême concentration et une dextérité non moins évidente.

Ce qui fait qu'il était souvent muet dans les phases les plus cruciales, ses phrases étant inutiles, sauf à marmonner dans sa barbe qu'il avait bien fourni dans les manières de l'époque, quelque imprécation à l'attention d'un invisible tiers.

Il avait patiemment appris son métier par compagnonnage auprès d'un éminent praticien au cours de longues années d'observation, de répétition et d'exécution (pas des pauvres bêtes qui, hélas, étaient déjà mortes et réduites à l'état de dépouilles).

La conservation était primordiale et il faut dire que sous certaines latitudes c'était moins évident que dans la froideur de la Toundra sibérienne, ou de la sécheresse du désert d'Atacama.

Alors il fallait parfois user d'expédient, ruser et compter sur l'intérêt des techniques modernes et l'ajout d'excipients de son cru dans une préparation d'embaumeur.

L'huile de ben n'avait plus de secrets pour lui. La putréfaction pouvait gagner les restes très rapidement, les micro-organismes qui en étaient à l'origine et provoquaient la décomposition des corps étant dopés par la température.

Les frigos et autres congélateurs étaient donc des éléments essentiels pour pouvoir préserver l'état sur une certaine durée avant que les traitements successifs qui s'apparentaient d'assez près à certaines techniques d'embaumement ne soient appliqués dans un ordre immuable.

Les injections de formol mais aussi d'agent texturant pour les chairs étaient fastidieuses car localisées et minutieuses. Le travail au scalpel et aux pinces brucelles, les pipettes, ainsi que des bandelettes faisait partie de la panoplie des outils.

Ce matin-là lorsqu'il ouvrit la missive, avec une de ces pincettes si fine et effilée, il eut un haut-le-cœur !

On lui demandait de prendre livraison dans un entrepôt frigorifique d'un grand gorille mâle des forêts du Rwanda pour lui donner une apparence convenable en vue d'une exposition internationale sur les grands singes, leur préservation, leur habitat.

Il ne put retenir un juron « non de non, encore un singe, c'est un signe, ils vont me faire faire des grimaces simiesques si ça continue ! »

Ces animaux puissants et massifs qui avaient été médiatisés par le soin de protecteurs acharnés comme Diane Fossey avaient aussi subi les foudres des Hutus lors des massacres des Tutsis.

Les Braconniers étaient des êtres veules et violents sans aucun état d'âme, ils faisaient argent de tout et étaient prêts à tout pour « un dos argenté » le nom donné aux vieux mâles caractéristiques.

Le commis prit donc la camionnette pour aller chercher la livraison. Une fois revenu avec une caisse soigneusement emballée pour le transport par avion, ils commencèrent à l'ouvrir.

Cela prit du temps et occasionna quelques coupures car il y avait des échardes dans ce bois précieux.

Il y avait plusieurs couches de matériaux amortissant, entre le carton gaufré, la filasse de papier et finalement un papier de soie au contact de ce qui ressemblait à un bandage

Pourtant la tache était loin d'être achevée car il fallut ensuite soigneusement commencer à défaire les bandelettes à la forte odeur de camphre, de térébinthes et d'aloès.

Le maître des lieux ne put retenir un sonore éternuement qui fit onduler lesdites bandes.

Reprenant avec son aide le découpage patient car il n'était pas possible de retourner la dépouille bien trop grande et surtout lourde.

Enfin ils commencèrent à entrevoir des orteils puis des genoux mais quelque chose clochait !

Les orteils n'étaient pas opposables, serait-ce donc un bipède, un cousin ?

Déjà fortement impressionnés par le premier constat ils allaient bientôt découvrir à quoi ressemblait complètement cet individu, au niveau des plis inguinaux quelle ne fut pas leur étonnement de compter pas moins de quatre bourses scrotales !

Dégageant prestement le thorax ils mirent à jour des pectoraux certes musclés mais aussi une poitrine presque féminine et recouverte de poils bruns.

La dernière bandelette tombée, le visage apparut dans un éclat nimbé, Maître Maximin hurla alors « boudu con si ce n'est pas un yeti je veux bien me faire pendre ! »

Depuis l'enfance et la lecture du journal de Mickey il avait attaché une attention toute particulière au mythe des peuplades hyperboréennes et du fameux onkrakrikru légendaire. Mais cette fois il était face à lui, en chair... et en os, son travail pouvait commencer !

ooo

Table des matières

Éditeur :
Books on Demand GmbH,
12/14 rond-point des Champs Élysées, 75008 Paris,
France

Correction d'épreuve et mise en page : Pierre Léoutre

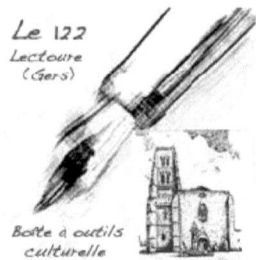

Avec le soutien de l'association « Le 122 »
à Lectoure (Gers)

http://pierre.leoutre.free.fr

Impression :
Books on Demand GmbH,
Norderstedt, Allemagne

ISBN : 9782810622764

Dépôt légal : janvier 2016
www.bod.fr